GUÍA DE LECTURA

Escrita por Catherine Bourguignon
Traducida por Laura Bernal Martín

De vidas ajenas

de Emmanuel Carrère

EMMANUEL CARRÈRE

ESCRITOR, GUIONISTA Y REALIZADOR FRANCÉS

- **Nacido en 1957 en París (Francia)**
- **Algunas de sus obras:**
  - *El amigo del jaguar* (1983), novela
  - *De vidas ajenas* (2009), novela
  - *Limónov* (2011), novela

Emmanuel Carrère es un escritor, guionista y realizador nacido en París en 1957. Hijo de la historiadora y académica Hélène Carrère d'Encausse, especialista en Rusia, da sus primeros pasos como crítico de cine antes de pasar a la ficción en 1983 con su primera novela, *El amigo del jaguar*. Publicada en la editorial POL, obtiene el Premio Fémina en 1995 con la obra *Una semana en la nieve*. Desde la publicación de *El adversario* (2000), que reconstruye el caso Jean-Claude Romand, Emmanuel Carrère deja a un lado la ficción para dedicarse a la escritura de investigación o de memorias, como *Una novela rusa* (2007) o *De vidas ajenas* (2009). Después de colaborar como guionista en la escritura de telefilmes, pasa a ser realizador al adaptar a la gran pantalla su novela *El bigote* en 2005.

DE VIDAS AJENAS

ENTRE BIOGRAFÍAS Y AUTORRETRATO

- **Género:** autobiografía novelada
- **Edición de referencia:** Carrère, Emmanuel. 2011. *De vidas ajenas*. Traducido por Jaime Zulaika. Barcelona: Anagrama
- **Primera edición:** 2009
- **Temáticas:** tsunami, enfermedad, duelo, cooperación, altruismo, justicia

De vidas ajenas se publica en marzo de 2009. Este libro relata varias vidas que se han cruzado en el camino de Emmanuel Carrère: la de una joven pareja que pierde a su hija de cuatro años en un tsunami, y la de una mujer que padece cáncer y que tiene que decidir si muere y abandona a sus tres hijas pequeñas y a su marido. A través de estos relatos de vida cuenta la suya propia y, sobre todo, la nueva visión de la vida que tiene tras haber sido testigo de tales acontecimientos. Biografías y autorretrato se mezclan con una emoción inusual.

RESUMEN

EL DEVASTADOR TSUNAMI

En diciembre de 2004, el narrador, en el que el lector enseguida reconoce a Emmanuel Carrère, y su pareja Hélène están de vacaciones en Sri Lanka. La relación no funciona y están pensando en separarse. En ese momento, tiene lugar un tsunami que causa estragos a lo largo de toda la costa del Asia Meridional. La pareja, que se aloja en un hotel que se erige sobre un acantilado, no se ve afectada, pero unos franceses a los que habían conocido unos días antes, Jérôme y Delphine, pierden a su pequeña de 4 años, Juliette, arrastrada por una ola. Hélène es una mujer de acción y ayuda a Jérôme a recuperar el cuerpo de su hija. Se enteran de que ha sido transportado al hospital de Colombo. Gracias a su trayectoria como periodista, Hélène está acostumbrada a reaccionar en situaciones de emergencia y muestra una gran fuerza para servir de apoyo a las víctimas. Emmanuel, desamparado y menos eficaz que su mujer, se siente ligeramente celoso.

A la mañana siguiente, todos acuden a Colombo, donde recuperan el cuerpo de Juliette. Sus padres rechazan la idea de un ataúd, que se les hace insoportable. Como solo pueden llevársela consigo en un féretro recubierto de plomo por motivos sanitarios, deciden incinerar a su hija en ese mismo lugar.

En un hospital, Hélène y Jérôme conocen a Ruth, una joven escocesa que busca a su marido y desconoce si sigue con vida. Va con ellos al hotel, y Hélène la insta a llamar a su familia. Ruth resuelve hacerlo y los suyos le explican que su marido sigue vivo pero herido, y que se encuentra en un hospital a cincuenta kilómetros de allí. Pasan la tarde todos juntos. Jérôme y Delphine se esfuerzan para celebrar la buena noticia de Ruth a pesar de su desesperanza. Más tarde, todos toman un avión que les lleva de vuelta a Francia.

Dos semanas después de regresar, Hélène y Emmanuel deciden no dejar su relación y se dan una segunda oportunidad. La experiencia del tsunami les ha unido. Pero Hélène se entera de que su hermana pequeña Juliette, de 33 años, tiene cáncer otra vez y que su estado empeora a grandes pasos, por lo que deciden ir a verla. La enfermedad llamó a su puerta cuando tenía 16 años y descubrieron en su cuerpo un cáncer del sistema linfático. Siguió un tratamiento de radioterapia y, varios meses después, se consideró que estaba curada. Sin embargo, el verano siguiente se le detectó un problema derivado de la radioterapia: una de sus piernas estaba prácticamente inerte y su estado era irreversible, por lo que tendría que ayudarse de una muleta para caminar.

Varias semanas más tarde, llaman a Hélène con carácter de urgencia: la vida de Juliette se está apagando. Por la noche, ha sufrido un ataque de tos que le ha impedido respirar. Los médicos se dan cuenta rápidamente de que no hay nada que hacer y que va a morir. Juliette recibe la noticia con gran valentía. Es trasladada a reanimación y solo quiere aguantar hasta el día siguiente para que sus tres hijas pequeñas puedan participar en el espectáculo escolar y ella las pueda ver después. Lo consigue y, por la noche, muere en los brazos de su marido, Patrice.

Al día siguiente, toda la familia es invitada a casa del colega de Juliette, Étienne, con el que mantenía una relación muy estrecha. Ambos eran jueces en el tribunal de Vienne y compartían una discapacidad en las piernas debido a un cáncer que habían sufrido durante la juventud. En el trabajo, defendían las mismas causas, intentando que se aplicara una justicia verdadera en los casos de sobreendeudamiento de los que se encargaban: «Ella y yo, hemos sido grandes jueces»[1], le explica Étienne a la familia.

LA VIDA DE JULIETTE

Étienne le propone a Emmanuel escribir un libro sobre la historia de Juliette. Este acepta, y comienzan a investigar. Entrevista a Étienne en varias ocasiones, y este habla de su vida y de su trabajo con Juliette. Habla del cáncer que tuvo cuando era adolescente. En esa época, fue operado y después le dijeron que estaba curado. Sin embargo, a los 22 años, tuvo que enfrentarse a una recaída y le amputaron la pierna.

Tras sus estudios, Étienne conoce a Nathalie: se instalan juntos y muy pronto tienen un bebé. Étienne obtiene una plaza en el tribunal de instancia de Vienne, donde conoce a Juliette. Tras ocho años como juez de instancia, Étienne es trasladado a Lyon como juez de instrucción. Deja de trabajar con Juliette, pero se ven de vez en cuando. En esa época, la joven trabaja mucho y está cada vez más cansada. En marzo

---

1. Todas las citas han sido traducidas por ResumenExpress.com

de 2004 nace Diane, su tercera hija. Una noche de diciembre comienza a asfixiarse: le detectan una embolia pulmonar. Le confiesa a Étienne su miedo a morir, pero no le dice nada a Patrice. Después, la embolia sufre una complicación y encuentran metástasis: Juliette tiene cáncer de nuevo. Comienza la quimioterapia. Por desgracia, el resultado no es bueno: el tratamiento no va como esperado, y se da cuenta de que tiene que prepararse para morir. Le pide a sus vecinos que se encarguen de organizar su entierro; les dice que cuenta con ellos para cuidar a sus hijas y le pide a un amigo que la fotografíe muy a menudo para que Diane, que no guardará recuerdos reales de su madre, al menos tenga fotos de ella. En mayo, los médicos le retiran el tratamiento porque no está teniendo ningún efecto positivo. A partir de entonces, a Juliette le quedan unas semanas, o incluso unos días.

El siguiente en ser entrevistado es Patrice, el marido de Juliette. Patrice le habla de su juventud y de cómo conoció a su mujer. Al principio, sus temperamentos encontrados les preocuparon y pensaron en separarse, pero enseguida comprendieron que, en realidad, estaban hechos el uno para el otro.

A continuación, el autor acude a ver a los padres de Juliette para que le hablen de su primera enfermedad, cuando era adolescente. Les cuesta hablar del asunto, incluso entre ellos, pero aceptan hacerlo con la esperanza de que el libro ayude algún día a las hijas de Juliette y Patrice.

Cuando vuelve a casa después de haber pasado algunos días en casa de Patrice, Emmanuel se entera de que Hélène, su pareja, está embarazada. La pequeña Jeanne nace nueve meses más tarde. Al final, se da cuenta de que estas trage-dias (el tsunami y la muerte de Juliette) le han permitido mantenerse más sereno y el nacimiento de su hija le llena de satisfacción. Emmanuel, que quiere disfrutar la vida junto a su bebé, finaliza el libro pasados tres años. Le pide a Étienne y a Patrice que lean el manuscrito, y les dice que pueden modificar todo lo que quieran.

Más tarde, Emmanuel vuelve a encontrarse con Delphine y Jérôme. Tienen dos hijos, pero no se han olvidado de su pequeña Juliette.

ESTUDIO DE LOS PERSONAJES

EL NARRADOR

Nunca se nombra al narrador del libro, pero enseguida comprendemos que tras ese «yo» se esconde Emmanuel Carrère (ver «Claves de lectura»).

Es escritor y guionista. Tiene un hijo de 13 años, Jean-Baptiste, fruto de una relación anterior. Se describe a sí mismo de una manera no siempre demasiado halagadora. Al principio de la novela, en los días posteriores al tsunami, se siente desamparado e inseguro de sí mismo, y experimenta celos de su pareja, que sabe apoyar a las víctimas mejor que él. Ligeramente atormentado y siempre insatisfecho, nunca se deja llevar por la felicidad: «Yo, que vivo en la insatisfacción, la tensión perpetua, que persigo sueños de gloria y destrozo mis relaciones porque siempre imagino que algún día en algún lugar, más tarde, encontraré algo mejor».

Los dos acontecimientos dramáticos que presencia cambian su forma de ver la vida. Al final de la novela se muestra mucho más sereno. Mientras que antes del tsunami estaba a punto de separarse de Hélène, tras los días pasados en Asia se da cuenta de que quiere luchar por su relación: «Me digo que es necesario que eso ocurra, que si tengo que lograr algo antes de morir, es eso». Algunos meses después, cuando Juliette, a punto de morir, le dice que ha tenido una vida plena, Emmanuel le confiará a Hélène:

«¿Sabes? Ha pasado algo. Si me hubiera enterado hace unos

meses de que tenía cáncer, de que pronto iba a morir, y me hubiese hecho la misma pregunta que Juliette, si mi vida había sido plena, no habría sido capaz de responder lo mismo que ella. Habría dicho que no, que no había vivido una vida plena. Habría dicho que había conseguido cosas [...] pero que me habría faltado lo esencial, que es el amor. He sido amado, sí, pero no he sabido amar —o no he podido, da lo mismo. [...] Y después, tras el tsunami, te he elegido, nos hemos elegido y todo ha cambiado».

Cuando nace su hija, al final del libro, esta serenidad crece aún más:

«El milagro que esperaba sin poder creérmelo ha ocurrido: la bestia que me devoraba las entrañas se ha ido, soy libre. He pasado un año disfrutando del simple hecho de estar vivo y viendo crecer a nuestra hija. No tenía la menor idea de lo que iba a hacer después, pero tampoco me preocupaba».

HÉLÈNE

Hélène es la pareja de Emmanuel Carrère. Es periodista (tanto en el libro como en la vida real) y también tiene un hijo de su relación anterior, Rodrigue. Desde el comienzo del libro, nos enteramos de que es una mujer hecha para actuar, segura de sí misma y que sabe lo que quiere. Tras el tsunami, no se deja invadir por sus emociones y hace todo lo que está en su mano para ayudar a las víctimas: «Hélène, en cambio, no se preocupa de sus sentimientos. Dedica todas sus fuerzas a hacer lo que puede hacer; por muy insignificante que sea, hay que hacerlo. Es atenta, precisa, hace preguntas, piensa en todo lo que puede resultar útil».

Está preocupada por su hermana Juliette desde el principio. No siempre han tenido una relación cercana, y a veces tiene la impresión de no haberle prestado toda la atención necesaria, pero la acompaña hasta el final y desea, tras su muerte, dedicarse en cuerpo y alma a la educación de las hijas de Juliette.

JÉRÔME, DELPHINE, JULIETTE Y PHILIPPE

Jérôme y Delphine son una pareja joven, padres de una pequeña de 4 años, Juliette. Philippe, el padre de Delphine, se ha convertido en amigo íntimo de Jérôme. Pasan juntos las vacaciones en Sri Lanka con regularidad. Esta familia francesa aprecia las pequeñas cosas, sobre todo las noches de verano, cuando sacan un buen vino y lo degustan mientras charlan. Se dejan llevar por la vida con tranquilidad y están contentos con lo que tienen.

Cuando el tsunami se lleva a Juliette en 2004, Jérôme, Delphine y Philippe siguen unidos por una gran solidaridad. Enseguida, Jérôme hace todo lo posible por salvar a su mujer del sufrimiento que les devora. Finalmente, algunos años más tarde, tendrán más hijos. Dos días después del tsunami, Delphine acepta cuidar de Rodrigue, el hijo de Hélène, y esto la salva: «Al principio pensó que no, que nunca podría ocuparse de un niño dos días después de la muerte de su hija. Pero dijo que sí, y a partir de ese momento continuó, a pesar de todo, diciendo que sí».

JULIETTE

Juliette es la hermana pequeña de Hélène. Cuando es adolescente padece un cáncer y la radioterapia hace que una de sus piernas deje de responder y que cojee. A los 33 años, poco después del nacimiento de su tercera hija, el cáncer vuelve a aparecer, esta vez en los pulmones. Unos meses más tarde, muere.

Nace en una familia elitista, católica y más bien de derechas. Como juez, es tranquila y transmite seguridad. Es una mujer voluntariosa y determinada. Siempre mira a la vida de frente: cuando se entera de que tiene cáncer otra vez, le pide a los médicos que sean sinceros con ella. También logra ser honesta con sus hijas y no les oculta el hecho de que va a morir. Sabe lo que quiere hasta el final: cuando es consciente de que su muerte es inminente, le pide a los médicos que la mantengan en un estado de salud lo suficientemente bueno hasta el sábado por la tarde, para poder ver a sus hijas después del espectáculo de la escuela. «Más que su valentía, lo que más impresionó a la enfermera fue su lucidez y su exigencia».

PATRICE

Patrice es el marido de Juliette, y es dibujante de cómics. Forma una pareja con Juliette en la que esta trabaja mucho y Patrice es el que se encarga de la casa. Es un hombre muy sencillo («La preocupación no es su fuerte, ni las perspectivas de carrera, ni el miedo a lo que vendrá») que enseguida confía en la gente. Viene de las afueras, de un entorno social muy distinto al de Juliette, lo que provoca conflictos al principio de su relación. Su sencillez rima con su humildad. «No pretendía dar una buena imagen de sí mismo [...] No estaba orgulloso ni avergonzado. Consentir la indefensión le confería una gran fuerza»; «Disfruta dibujando lo que dibuja, pero no lo considera excepcional y no necesita creerlo para poder vivir en paz». Se enfrenta a la vida como viene: «Patrice vive en el presente. Practica espontáneamente eso que los sabios de todas las épocas señalan como el secreto de la felicidad, estar aquí y ahora, sin lamentarse por el pasado ni preocuparse por el futuro».

ÉTIENNE

Étienne es el mejor amigo de Juliette. Ambos son jueces, se conocen en el tribunal de Vienne y trabajan juntos. Desde que se conocen, se «reconocen», ya que los dos están cojos y se han salvado de un cáncer: «Habían atravesado los mismos sufrimientos, que solo entendemos si también hemos pasado por ellos. Venían del mismo mundo». Estos vínculos hacen que entre ellos se forje una profunda amistad: ambos pueden hablar de la enfermedad con sinceridad absoluta y decir «estoy harto» cuando no quieren decírselo a sus allegados. Para Étienne, perder a Juliette significa perder a la persona con la que realmente podía hablar, sin miramientos: «Lo que echo de menos es no poder volver a hablar con ella. [...] no podré de hablar de determinadas cosas con nadie hasta mi muerte. Se acabó. La persona a la que se las podía decir sin que resultara triste ya no está aquí».

CLAVES DE LECTURA

ENTRE LA BIOGRAFÍA Y LA AUTOBIOGRAFÍA

La contraportada de la versión en francés nos muestra el camino al concluir con estas palabras: «*Tout y est vrai*» («Todo es cierto»). El lector se convence enseguida: el narrador habla en primera persona y nunca se dice su nombre, pero rápidamente comprendemos que se trata del propio autor, Emmanuel Carrère. De hecho, habla de una de sus películas («Algunos meses antes, he realizado una película a partir de mi novela, *El bigote*), y se presenta como un escritor («En un momento dado del viaje [...] Philippe me apartó un poco del resto y me preguntó: tú, que eres escritor, ¿vas a escribir un libro sobre todo esto?»). Además, el primer acontecimiento que relata Emmanuel Carrère es completamente real: el 26 de diciembre de 2004, un seísmo de magnitud 9 a la altura de Indonesia provoca un tsunami que arrasa los países del Asia Meridional.

Además, la estructura del relato refleja bien su carácter verídico: el autor cuenta primero los hechos —la muerte de la pequeña Juliette y la muerte de la hermana de Hélène— con una emoción viva alimentada de pequeñísimos detalles (cuando Delphine cuenta la vida tranquila que llevaba junto a Jérôme y a Juliette, el narrador concluye su relato diciendo: «Delphine describe su vida con una voz calma, pero con una calma sonámbula, y todos los verbos que utiliza están en pasado». Solo después el autor analiza los hechos en frío, deteniéndose sobre todo en la historia de Juliette, la hermana de Hélène: le pregunta a Étienne, a Patrice y a los padres de Juliette, como si se tratara, de alguna forma, de una investigación. Así, nos ofrece la biografía completa de Juliette.

Al describir estos dos acontecimientos dramáticos y la vida de Juliette, el autor habla de sus emociones, de sus sentimientos y de su propia evolución. En la biografía de Juliette se entromete de alguna forma una autobiografía del autor: habla de su pareja, de sus libros precedentes, del rodaje de su película, etc. De hecho, el libro trata hechos tan íntimos que nos da la impresión de que en realidad no estaba destinado a ser publicado. El autor da la impresión de tener la necesidad de escribir este relato para tomar las riendas de los acontecimientos que ha vivido y ayudar a las tres hijas de Juliette («Y yo, que estoy lejos de ellos, yo, que por ahora soy feliz y consciente de lo frágil que es la felicidad, quisiera curar todo lo poquísimo que se pueda curar, y por eso este libro es para Diane y sus hermanas».

UN ENSAYO SOBRE LA ENFERMEDAD

La novela plantea en varias ocasiones la cuestión del sentido de la enfermedad en una vida. Étienne cuenta su primera noche en el hospital: «Las células cancerígenas son tan tuyas como las sanas. Tú eres esas células cancerígenas. [...] Forman parte de ti. [...] Tu cáncer no es tu enemigo, eres tú». El autor evoca a Pierre Cazenave, un psicoanalista para cancerosos que decía: «Cuando me anunciaron que tenía cáncer [...] comprendí que siempre lo había tenido. Era mi identidad».

También analiza las estrategias de supervivencia de los personajes ante los dramas: Philippe, que intenta ayudar a los pescadores del pueblo devastado a pesar de que su nieta ha muerto, Jérôme, que pone en marcha un «programa» para salvar a su mujer, Patrice, que también establece enseguida un «programa» que permite que todos vivan el antes y el después de la muerte de Juliette lo mejor posible. También aborda la cuestión de la dificultad que encuentran los discapacitados o las personas gravemente enfermas para quejarse ante sus allegados.

En el corazón de algunos de los análisis que nos ofrece Emmanuel Carrère, nos sentimos casi ante un ensayo sobre la enfermedad. El autor interroga, investiga (lee sobre los trabajos de Pierre Cazenave y hace búsquedas en Internet) y nos ofrece el resultado de su estudio mezclado con sus propias reflexiones («Creo que hay gente que tiene el núcleo central fisurado casi desde el principio»).

LA PROFESIÓN DE JUEZ Y LOS CASOS DE SOBREENDEUDAMIENTO

Juliette y Étienne son jueces y se ocupan de casos de sobreendeudamiento en el tribunal de Vienne (en Isère, Francia): sociedades de crédito llevan ante la justicia a clientes que no reembolsan el dinero que se les ha prestado. Entonces, como algunos otros jueces, se sirven de la Ley Scrivener, aprobada en 1978 y cuyo objetivo es limitar el poder de los contratos: cuando se encuentran con un caso de sobreendeudamiento, leen detalladamente el contrato para señalar vicios de forma que les permitan afirmar que el contrato no es válido y que, por tanto, la sociedad de crédito no puede reclamarle al cliente ningún interés ni ninguna sanción, sino únicamente el reembolso del capital. Esta nueva forma de actuar de algunos jueces sorprende a las sociedades de crédito, que estaban acostumbradas a ganar este tipo de casos. Pero con el paso del tiempo, comienzan a conocer los métodos de trabajo de Étienne y Juliette, y no dudan en utilizar el recurso de casación. Sin embargo, el tribunal de casación dicta una sentencia contraria al fallo dictado por Juliette y Étienne, ya que considera que, como el acreedor tiene que actuar dentro de los dos años posteriores al primer incidente en el pago, la persona endeudada tiene también solo dos años tras la firma del contrato para impugnar su irregularidad. Sin embargo, un día, Étienne encuentra un artículo jurídico que les ofrece un nuevo argumento en el que apoyarse: el juez puede señalar cláusulas abusivas en los contratos. Le pregunta al TJCE (Tribunal de Justicia de las Comunidades Europeas) y este les da la razón.

PISTAS PARA LA REFLEXIÓN

ALGUNAS PREGUNTAS PARA PROFUNDIZAR EN SU REFLEXIÓN...

- ¿Qué elementos demuestran que esta novela no es ficción?
- ¿Cómo describiría la personalidad del autor-narrador?
- En su opinión, ¿a qué se debe la emoción que sentimos al leer este libro?
- El autor asiste a dos graves acontecimientos. ¿Qué lección o lecciones aprende de ellos?
- ¿Qué visión de la enfermedad nos ofrece el autor a través de esta novela?
- ¿A quién va a «servirle» más este libro? ¿A las hijas de Juliette, para las que Emmanuel lo ha escrito, o al propio Emmanuel? ¿Por qué cree que el autor lo ha escrito?
- ¿Qué mensaje nos invita a retener el autor en esta novela?
- Compare esta obra con *El adversario*, del mismo autor y publicada en el año 2000. ¿Qué puntos en común tienen ambas obras?

¡Su opinión nos interesa!
¡Deje un comentario en la página web de su librería en línea,
y comparta sus favoritos en las redes sociales!

PARA IR MÁS ALLÁ

EDICIÓN DE REFERENCIA

- Carrère, Emmanuel. 2011. *De vidas ajenas*. Traducido por Jaime Zulaika. Barcelona: Anagrama.

ResumenExpress.com

www.resumenexpress.com

ISBN ebook: 9782806281869

ISBN papel: 9782806284600

Depósito legal: D/2016/12603/398

Cubierta: © Primento

Libro realizado por Primento, el socio digital de los editores